星　の　意　味

Ikue Mizoguchi　溝口いくえ

文芸社

プロローグ

闇の中で、星は輝く。
たとえ孤独でも、あなたも、私も輝ける。
孤独って共有するものじゃない。
自ら感じるものなんだよ。
私は、誰かと群れたいとは思わないのです。
だって、孤独が好きだから……

星の意味★目次

Ⅱ　小説　ブラックスター

Ⅲ　エッセイ　ちょっとヤバい回想ワールド

Ⅳ　トピックス　決して学校で教えてくれない人生の勉強

V　雑想

I

詩

幸せと不幸の定義

ねえ……
あなたはなぜ
そんな寂しそうな顔をするの？
笑顔を作れば　とても美しいのに

凍りついた運命を溶かすのが
容易でないことを　ふと悟った
これで　何回目の哀しみなのだろう
こぼした涙は　ただ消えゆくばかり

あなたは
哀しみの影背負って
旅立つのでしょう
誰も知らない彼方へ

孤独を埋めるのは孤独
孤独は　孤独でいることでしか
解消されないのだ

あなたの幸せと　私の不幸
重なり合えば　大きな奇跡を生む
そしてまた　別れが来る
運命には逆らえない……

人生の座標軸が

交差する時がまた来るのだろうか
この儚い　一生の中で

希望の蜃気楼

闇のすぐそこに　届かぬ光が見える
それは　刹那の蜃気楼なのか

手にしたい

温もりに触れたくても　温度を感じない
悪しき人間の　負の感情が作り上げた
闇の世界

私はそれを支え

ダークな光を与え　癒すのが生業
そんな自分を　壊すのが癒し

いろいろな世界から
すべて離れたくなることもある
それは　人間がちっぽけに
見える時もあるから

「接客業なんてそんなものだ」
ソウルメイトのようなあなたは言った
「疲れた時は眠りにつこう
また　希望が持てる時がくるから」
あなたは心の整理ができていた
立ち止まる時　また意見を聞きたいけれど
「もう少し心の声を発信すれば

わかることもあるのだよ」
まだ　自分にはチャンスが訪れる
きっとまた輝く時がくる

未来に伝えるために……
過去に託された未来を信じて……

輝きの朝

愛していると思うと
温かな安堵感に包まれる

初めは黒い光
激しい雨だと　思っていたけれど
実は　輝きの朝だった
その眩しい笑顔　心に光がさしてくる
「たまには　明るい朝もいいかな」と
思えてきたのだ
そう……今なら

「過去も　塗り替えられる」と信じられる

押しつぶされそうな荒波も
一人じゃしんどいが
手をさしのべてくれる仲間達がいる
いつの間にか　笑顔の中に

浮いたっていい
それが　幸せの連鎖ならば……
あなたの愛を　感じられるなら……

恋愛体質

綺麗な石を視ていると
初めは価値がわからずとも
次第に元気が湧いてくる
あなたの心はそんな綺麗な石のように
私に癒しのパワーを与えてくれる

恋をしたとしても
誰にも気づかれぬよう　日々を過ごす
あなたを傷つけたくない
周りも　傷つけたくない

傷つかないほうが
パワーを発揮できるだろうか

もしも
「傷つくことなんてないよ」
なんて思われたとしても
ささやかな思いやりからの
選択だったりする

自分の意志や行動は
自分の経験から判断している
それが最良な答えだと　判断したのだから

あなたは
心で感じられる美しさを与えてくれる

不思議で魅力的な人

艶情

きらびやかな色に惹かれたあなたは
欲を身にまとい　艶と情を求める
幻とわかっていても　今だけエゴに浸りたい
人間が　均一になる瞬間
心はジェットコースター
最高潮の時間を迎え　記憶を喪う
美しい世界は　現実と化す

またいつか
艶やかなあなたを見かけられるだろうか

幻ですか？　真実ですか？
それとも悪魔ですか？

答えなど　初めから求める気もない
もしくは　わかっていること
すべてを喪うことが怖いから
悪魔に時間を　売ってでも
嘘を真実に　塗り替えてでも
心と体のバランスを保つ

きらびやかな色は　いつの間にか
廃れた色に変わっていた
かすかな影を遺して……

困った時、支えてくれる人

やっぱり
今日は浮かない顔をしていた
そもそも困ることなんて　あまりない
至って冷静なのが私
それでも無性に
支えてほしくなる時がある

「もし　彼が私の恋人だとしたら
どんなに気持ちが軽くなるのだろう」
なんて考えるけど

あふれそうになる涙の上には
ポーカーフェイス
「そんな弱い心では、社会の荒波に負けてしまうよ
特に今はね、弱者には居場所がない世の中だから」
どんな時でも　ぶれない心
常にフラットでいる

私が夜　働いている理由
それはやはり　昔からの仕事仲間への義理と
震災後　少しでも寄付をしたいという思い
少しでもお金を生んで
なにかを消費して貢献したいという思い
そう　義理　と　思い　から

仕事仲間とも

ベタベタした関係ではない
頭の回転MAXで
手際よく合理的にこなせる人間
今は　それをやる必要がある時代

……本音を言えば　彼を愛してるんだけど
誰を選ぶかは　彼の自由だし
私は　彼に自由に意見できない
だから私は
どんな時でも
前向きに進むのです

いばらの接点

私は　中学生くらいから
「心にもう一人悪魔がいるな」と
感じるようになった
ガラス格子で覆われていて
ひたすらわめき叫んでいるが
誰も見向きもしない
そんな悪魔が

それから
物書きに生き甲斐を感じるようになり

ひたすら書き続けた結果
文章の中にも　日常と非現実が
混在するようになった

十九歳の時出会った　右翼風の男性
四歳の時　結核を患い　隔離されたという
親の愛に触れることなく育ったその男性とは
妙な接点から意気投合した

学生のころは硬派で　無口な美少年
読書にふける　色白で小柄なその少年は
なにを思い　大学へ進んだのだろう
学んでも学んでも　得られなかったもの
それは　幼少の頃の隔離に
結びつくのだろうか？

負の出来事や感情は葬られるのが　日常社会
彼は　負の出来事ばかりを寄せ付けていた
「自分だけなら　その境遇がしっくりくる」
私は　その連鎖を断とうと思った

しかし　この不況と
子どもができたという現実の前では……
それでもやはり
「あの人」のことが気になる……

愛からの隔離を語ってくれた　あの人
私を何度も助けてくれた　あの人は
私の人生に　染みついている

言葉

自分の思ったことを　相手に言うのは簡単だけれど　伝え方は難しい
たったひと言で
相手がものすごく　傷つく場合もある

無責任な言葉が多い
無責任な言葉を言う人は　信頼できない
言葉は　モチベーションを上げられるアイテムだけれど　その逆の効果もある
そして一度口から出てしまった言葉は
変えられない

今度〇〇しようね
〇〇さんは〇〇になりますよ
　それって〇〇だよ

言葉のあやだったり　社交辞令だったり
無責任な発言でも
「今度〇〇しようね」と言われて
嫌な気はしない　夢も広がる

現実ばかり見過ぎるのは
よくないと思う
正直　現実ってつまらないし
化粧もしないで　着飾らないでも美人だという人は　ほぼ見たことない
「いい人」というのも

素から……って人は存在しないと思うし
人間って　才能があったとしても
所詮みんな似通っている
だから　水商売や芸能界が
成り立つのだと思う

たいして美人でない人も
化粧して着飾って　宣伝してもらえれば
それなりになる
持ち上げられて　コネができれば
気も大きくなる

私　なんだか最近
「孤立したいなぁ」って思う
みんなが私に言うだけ言って

傷つけている気がする

新たに
自分を傷つけない環境
―つまり自分だけの空想の世界―
を作りたいと感じる

現実と空想は　どちらも必要ね
空想の中に　現実と空想の両方を
入れられればいいなぁ……

孤独を包む愛

貴方を迎えようとしているのが
残酷な死なのであれば
私は　穏やかな生になるだろう

ともに　闇を抱えながら生きて来たのに
なぜ交わらなかったのか　不思議
お互い　周りを見たくなかったのだろう

この7年間
死にものぐるいの7年間

先に　光は見えるのか
見えたとしても
同じ光を見る時は
来るのかな

失うための出逢い

貴方と出逢って　すぐに
タイムリミットが生じた
出逢いは　初めから破綻していたんだね

白馬の王子のように
いきなり現れたあなた
色が白くて茶髪で　色眼鏡

「ヤクザ屋さんですか？」

って聞いた私に

「組長の跡取りです」
って親切に答えてくれたね

あの時
なにもかも同じ境遇をたどった
互いの非生産性を知って
伴侶に思えたよ

がむしゃらに愛した
「このまま時を終えてもいい」
そう思えるくらい
あの時間だけがすべてだった
あんな　ちっぽけな世界の片隅で
けれどそれは
奇跡を呼ぶ愛　だった

お互い　死んだ境遇
傷を埋め合うことで
希望が持てた

明日が来ることが怖かった
目の前の未来すら
訪れることが不安でしかたがなかった
誰にも知られない　内緒の愛だった
路上の片隅で　時間が止まるくらい　深いキスを交わした
何度も抱き合った

お互い　失うものがなにもなく
飾りをつけて　虚勢を張って　ポーカーフェイスで生きていただけ
素の二人は　死すら怖くなかった

そしてお互い　結ばれることはなかった
ただ　失うための出逢いに過ぎなかった
あなたを愛したことに　意味があったのか

これから先も繰り返す　一期一会
きっとそれは　避けては通れぬ道

あなたのことが心配だ

愛されたい

あなたのことばかり
考えてしまう日々……

毎日毎日
愛している
毎日毎日
衝動に駆られる

そんな　スピード感あふれる日々
恋のエクスタシーは　常に絶頂なのだ

そんな思いは
いつしか「愛されたい」に変わっていく
愛するよりも　愛されたい
愛される　快楽

そんなゲームすら
自分の手のひらでの出来事
小悪魔的な日常は　そんな風にして訪れる

日課のように
愛するより
愛されることに
喜びを感じるようになったのは
いつからだったかしら？

近頃　自分と違う方向に
なにかが始まっている？
それが　愛のエクスタシーだとしたら……

Ⅱ

小説　ブラックスター

星の意味　理解できない時もある
夜空に輝く　唯一無二の私に対して
取り巻けない存在のブラックスター　型破りな存在

私がネガティブになったら
あなた達は　ネガティブから立ち直らせようとしてくれるのに
存在自体が　ネガティブに輝く
あなたは　何者なのでしょう

1　非生産的なモノたち

（うつなんて、ただの非生産的な価値に過ぎないモノでしょ。くだらない存在。私の存在価値なんて）

ネガティブなヒカリは、いつも漠然とそう自分に言い聞かせていた。絶対音感を持つヒカリは中学生から引きこもりになり、十九歳になる現在までの間にあらゆる葛藤を体験していた。そして今でも、誰にも心を開けずふさぎ込んでいる。

それでも、半同棲状態の二十歳の恋人、重度の環境障がいからヒカリと同じくうつを患っているともひろのことだけは理解して受け入れている。

（私と同じような気持ちの彼のこと、痛いほどわかる。彼は、私がいないとダメだから……）

「ヒカリ〜、金貸してくれよ。ギャンブルでまた負けたよ」

朝起きてすぐそんなことを言うともひろだが、こう見えてＩＱは高い。高学歴だがすごく屈折している。彼の唯一の居場所はヒカリだけ。ヒカリにだけはうつを告白できるし、その苦しみもある程度わかってもらえるからだ。

「親がさ、小学生の時タバコ勧めるわ、そのうち刺青も強要してくるわ。俺は組長の跡取りなんかやりたくないいんだよね」

表向きは、インテリなともひろ。彼は公務員だが、将来は政治家の道を目指していた。

ヒカリは、一人の時間を大切にしていた。夜空の星を見上げては、自分の気持ちと重なる歌をつぶやく。それが唯一、ヒカリの心の捌け口だった。

ともひろは酒乱でもあった。酒を浴びるほど飲んでは、ヒカリに甘えてきた。最近は特に、荒れているようだった。

「だから極道はやらないの！　俺は政治家になるんだから。だけど極道と政治は、繋がってるんだけどね」

ともひろは、いよいよ親から跡継ぎを強いられているようだった。そうこうしているうちに、ヒカリの仕事の時間がやってきた。

「ともくん、バイト行ってくるね」

ヒカリは事務系のバイトをやっていた。対人恐怖症でもあるため、人と交わる環境をなるべく避けていた。

ヒカリは自分では気がつかないものの、周りに放っておけないオーラを放っていた。怖いぐらい色白な肌、ピンクブラウンの髪と瞳。いつも濡れているような涙袋と唇。垂れ目で目尻がセクシーな瞳。筋の通った鼻。そして、ミステリアスな声……。

周りから見たら、なんともとらえどころのないように映る彼女は、どこへ行っても〝隠れファン〟を作ってしまっていた。しかしヒカリ自身、そのことには気づかなかった。

ヒカリは、毎日日記をつけていた。


〝今日もバイトに行ってきた。やっぱり人に向き合わないのは楽でいいね。それにしてもともひろ、ギャンブルで負け続きで、荒れてて心配〟


こんな風に。

この日、バイト先に新たな男性、黒谷が入ってきた。そしてすぐにヒカリに話しかけてきた。少し話しただけで、すぐにヒカリの本性を見抜いたようだ。

「あのさぁ、なんでそんなネガティブなのよ、小悪魔猫ちゃん」

「なんのことでしょう?」

「キミ、派遣の新入りだろ? なのに、ヒカリちゃんにそんなものの言い方はないだろう」

「うるさいんだよ。俺は間違ってここに派遣されたんだ。飲食店の内勤で、ひたすら酒を作りたかっただけなのに。募集見て来たら、なんだ、普通の事務員じゃん。退屈すぎる」

「とにかく、ヒカリちゃんには話しかけないでくれよ」

ヒカリは沈黙していた。

「あー退屈。俺はなんでも酒の調合に換算しちゃうの。特に、うつの要素はね。それでしっくりくる音楽、作るってわけよ」

ため息交じりにそんなことを言う黒谷。彼は、一目見た時からヒカリを異色の存在と感じていた。

「自分の辞書に彼女のような人間はいない……」

B型の彼ならではの発想の仕方ではあったが、ヒカリのことが気になってしかたがないのだった。

この時二十二歳だった黒谷は、ただ酒と音楽を融合するのが好きなだけで、別にバンドマンになるような気もなかった。一見ただの軽い男に見られがちだが、一目でヒカリの性格を見抜いたことでわかるように、彼自身もとても屈折した性格で、うつで排他的であった。ただそれを表に出さず、酒と音楽で昇華できていた。

〝今日知り合った黒谷君という長身で細身、黒髪で天然パーマの帽子が似合う人が、私に話しかけてきた。厄介もの扱いされたようだ。音楽とお酒が好きみたい。だけど滑稽ね〟

ヒカリは今日も日記をつけていた。書きながら、ヒカリは半同棲しているともひろが心配でならなかった。近頃、少し、彼のせいで心が壊れそうになっていた。

そんなヒカリは、出会ってすぐにヒカリの本質に近い部分を言い当てた黒谷の存在が気になっていた。

「黒谷くんかぁ……」

普段他人に無関心なヒカリが、珍しく少し心の結び目をほどいて、関わってみたくなっていた。

（なぜ、私の本質に興味を持つの？）

ヒカリは本当の自分を見てくれる人に、なかなか出会えずにいた。現れるのは本質に無関心な他人ばかりだった。だが、黒谷は違った。ヒカリやともひろと同じくうつに苦しみながらも、しっかりとそれを昇華して自分の表現活動に生かしているところが。

ヒカリは、心のどこかで無意識のうちに黒谷が「強くなれ。世界には君の知らないこともたくさんあるよ」と、試練を与えて励ましてくれる、そんな存在になることを予感していた。

ヒカリは、黒谷が気になっている自分に気づき、

（私は黒谷君に恋をしたのかもしれない）

とも感じていた。同時に、それがまだ兆しに過ぎないものであることも。

『夜空の星を見上げると、幻想の世界が映るよ……あの時なくした安堵さえも手にできると信じられるよ……』

たまに、ヒカリは星を見ては口ずさんでいた。絶対音感の持ち主というだけではなく、さらに繊細な感受性を持つヒカリには、歌を聴くことで映像とその歌に込められた魂が見える。またその真意を伝える声すら、どこかから聞こえるのだ。その声が、自分の声とリ

ンクした。

不思議な音色を奏でるヒカリ。その美しさは、白い光に包まれた星のささやきのようだった。でも、ヒカリの歌声を収録した音源を聴いたものは誰もいない。そんなヒカリが、黒谷に初めて自分の世界をぶつけてみたくなった。

（黒谷君にうまく伝えられるだろうか……）

ヒカリはそう悩みながらも、ともひろの世話をしていた。そのときヒカリは、ともひろに対する恋愛感情が薄れ、もう単なる同居人としか思えなくなっていることに気づいた。ヒカリはともひろと付き合いながらも、黒谷の本質に嫉妬するようになっていた……。

そんなヒカリの黒谷への思いに、転機が訪れる。

2　音楽プロデューサー　あすかとの出会い

「クロちゃん、お久しぶりね」

黒谷が行きつけのバーで偶然再会したのは、学生時代の先輩、あすかだった。

「あすかさん」

「実はね、今、私音楽プロデューサーをやっていてね。大物新人を探しているの。ねえ、興味深い仕事でしょう?」

「そうなんですね、あすかさん。相変わらずアクティブだなぁ。俺は音楽は好きですけど、自己満の世界ですからね」

「そう言えば、学生時代もクロちゃんって音楽好きだったよね。クロちゃん、一度作った音源、聴かせてもらえないかなぁ」

「え、まあ、あすかさんがそう言うなら」

黒谷にとって、あすかは憧れの先輩だった。長身にスラッとした抜群のスタイル。ハスキーボイスでショートカットが似合う、大きな瞳の美人だ。姉御肌で、男女ともに親しまれていた。

「あすかさん、今俺、事務職して働いてるんですよ」

その時あすかは、ふと思った。黒谷の職場に顔を出そうと。そこでなにか、出会いがありそうな予感がした。

その判断は、スカウトの直感みたいなものによって導き出されたものだった。

それが後に、あすかとヒカリのファーストコンタクトになる。

その日、ヒカリはいつものように出社していた。伝票に向かい、そつなく仕分け作業をする。そんな、ごく日常的な時間……。

コンコン。

あすかがやってきた。黒谷が照れくさそうに、あすかをヒカリに紹介した。ヒカリを見た瞬間、あすかの直感が働いた。

「はじめまして。音楽プロデューサーをやっている三田あすかと言います。突然だけど、ヒカリさんは音楽に興味ってある？」

「私は人間が苦手なので、人と関わるお仕事には向きません」

「そう、わかったわ。この間、クロちゃんが音源聴かせてくれるって言ってたんだけどね」

「クロちゃん？」

なに、この人。黒谷君と親密なのかな……と、ヒカリは軽く嫉妬を覚えた。

「音源なんてありませんけど。いつも一人になると私、星に向かってささやいてます」

「もしかしてヒカリさん、絶対音感とかある？」

「いえ、興味ありません。では……」

ヒカリは閉鎖的だった。突然やってきていろいろと尋ねるあすかに対し、ヒカリはお願いだから、自分の心の領域に侵入しないでほしいとしか思わなかった。この頃のヒカリの心の均衡は、孤独でいることでしか保てなかったから……。

そんな頑なな態度をとるヒカリだったが、実はそれは強がりでしかなかった。心の中では前に進みたいと思っていた。そして、新しい世界を自分に見せてくれそうなこの話に可能性を感じていた。


『夜空の星を見上げると、幻想の世界が映るよ……あの時なくした安堵さえも手にできると信じられるよ……』

その夜も、ヒカリは窓から空を見上げて星に向かってささやいていた。

「ヒカリは歌がうまいよな。なんか、声というより楽器みたいな。自然の風みたいな」

ともひろは、ヒカリの歌声に癒されていた。

「そうかな？　私はただ、星に向かう時は安らげるだけなのよ」

「ヒカリ、お願いがあるんだ。俺、身内と縁を切ろうと思うんだ。そしたら……な、俺と結婚してくれないか」

ヒカリにとって、結婚など正直、どうでもよかった。世間一般の人々がする営みにも、一喜一憂などしなかった。

〝ともひろが、私にプロポーズしてきた。彼の唯一のよりどころが、私なのかな〟

ヒカリはただ日記にそう記しただけだった。

（でもそれで彼に居場所を提供できるのなら、まぁいいか）

それがヒカリの思いだった。

「それよりも、音源」

この時のヒカリは、再びあすかとコンタクトを取ろうと思っていた。それまでふさぎ込んでいたヒカリだったが、黒谷との出会いを経て心の奥の本質の部分が揺さぶられた。このことによって、「今こそ、恐れず前に進まなければならない時に差し掛かったのだ」と感じ始めていた。

3　あすかとのセカンドコンタクト

ヒカリは、その日出社すると珍しく、自分から黒谷に話しかけた。

「今度、みなさんでカラオケ、行きませんか？　あすかさんも誘って」

黒谷はあすかと少しでもいられるという思いから、喜んでその提案に乗った。

「じゃあ、あすかさんに連絡しておくよ」

笑った黒谷は、どことなく異国風な雰囲気を漂わせている。ヒカリはそれが、なんだかかわいらしく思えた。

カラオケに行くと、黒谷はビジュアル系の楽曲を好んで歌った。特に、ダークなものを。ヒカリは、自分の存在を自分に問いかけたり、希望を探してもがいているような、ところどころ暗めな空気が漂う曲ばかりを選んだ。

黒谷は〝うつロック〟を楽しんで歌う。一方のヒカリの歌声は、一度聴いたら忘れられない、また聴きたくなるような儚さが魅力だった。

（こりゃ二人とも対照的だけど、魅力あるわ）

あすかはそう思いながら、二人の歌を聴いていた。

（二人とも、負のパワーが強いよね。だけど、そのパワーでさえも対照的なのよ。どちらも劣らず、魅力的）

「ヒカリちゃん、よかったら音源をくれないかな。とても素質を感じるわ」

あすかにそう言われ、ヒカリは迷わなかった。自分が今進むべき道は、ともひろとの将来。だけどその前に、自分の目の前にある壁に向き合うこと。

「『幻想の光』っていうタイトルの曲。今、ここで歌います。聴いてください」

黒谷への想いを込めて作詞作曲した歌を、ヒカリは独特の儚い声で歌い出す。

幻想の光

夜空の星を見上げると
幻想の世界が映るよ
あの時なくした安堵さえも

手にできると信じられるよ

ふいによみがえる　暗闇の恐怖
そんな中　降り注いだ　強い雨
あなたは突然　私のもとに現れた
どんな人間《ひと》なのか
どうでもいいと感じた

ブラックスター……
暗黒のままに輝くスター

あなたは私の中でのみ
歌を咲かせられる黒い光
そのままの姿でいて
夜が明けても　私の中ではどうか

灯火消えないでいて
ともに明かそう

水晶のように不思議な世の中に
ついていけないと　ふと思った少女時代
なにもかも　手遅れに感じた日常だったの
そんな日常も
あなたの放つ魔法がすべて
解き放ってくれるの
愛している

ブラックスター……
暗黒のままに輝くスター
私はあなたの闇の中でのみ

白い光放てる
そのままの姿でいよう
白夜の光に馴れなくても
きっと乗り越えられる……
そう　明日を信じられる

「幻想はうそなんかじゃない！」

ブラックスター……
暗黒のままに輝くスター

私はあなたの闇の中でのみ
白い光放てる
あなたは私の中でのみ
歌を咲かせられる黒い光

二つの闇は
それぞれ輝き増して重なった
幻想的な水晶

黒谷は、ヒカリの歌声に酔っていたようだった。

（こりゃテキーラ……いや、ウォッカだな。それもストレートの）

ヒカリは歌いながら、自分が黒谷を心底愛していたのだと気がついた。だから自分の本質を見てくれた黒谷のために、初めて自分の困難とも向き合おうと、立ち上がろうとしたのだと。

（愛、か……。私にも、一生懸命になれることもあるんだね。こんな私なのに）

4　ヒカリの道と黒谷の道

その後、ヒカリはあすかの熱心な勧めで、一曲だけレコーディングすることにした。きちんとメイクをして笑顔を作ったら、世間から〝超絶美少女〟と言われるであろうほどに仕上がった。

それでも、ヒカリは歌手デビューを断った。黒谷への想いも断ち切った。これまで一人で抱え込むしかなかった自分の想いを、他人に聴かせられる作品という形で昇華できたことを通じて一歩前に進めたヒカリには、「その道は自分の進むべき道ではない」とはっきりと確信できたからだ。

(私はただ、なにげなく生きることを望んでいる。なにげない出来事の中、生き抜くことを望んでいる。その一つが、ともひろという存在であり、事務のバイトなんだろう。二人は私にそれを気づかせてくれた)

一方、黒谷は歌手デビューした。〝うつロック〟をテーマにして、新境地を拓いた。ネガティブなのに魅力的な彼は、今や原宿の顔になりつつある。彼の曲には、ヒカリの存在が感じられた。

「ヒカリちゃんって、彗星みたいな不思議な子だったわね……」

あすかにも、ヒカリは忘れられない存在となった。

5　ともひろとの道のり

ヒカリが二十歳になったころ、ともひろと入籍した。ともひろは、「身内と一切縁を切った」と言っていたが、定かではない。

「俺の身内は代々極道の家系で、武闘派なんだ。俺は暴力は大嫌い。痛いし、ケンカなんてなんの生産性もない。俺の取り柄は、勉強ができることくらいしかなかった。俺を認めてくれる身内は誰もいなかったよ。無理矢理背中に龍の刺青を入れさせられたり……。俺は自分の力で政治家になって、ヒカリと一緒に暮らしたいだけだ」

ヒカリにとって本当はこれが、人生のレールから大きく逸れる選択だったのかもしれない。でもそれは、自分の持つ音楽と独特な感性によって導き出された選択だったのかもしれない、とも思っている。

そう……無意識のうちにヒカリが求めていた、「本質の部分での交わり」を求めてきた黒谷との出会いによって。

6　日常の積み重ねが奇跡であるということ

〝不思議なこと、奇跡的なこと。実は、日常のなにげない積み重ねの中に、ふとあったりする可能性のほうが、大きいのではないかな〟

　昨日の晩、ヒカリはそんなことを日記に書いた。そして朝になると、いつものように事務のバイトをした。

　その日の帰り際、上司に呼び止められた。

「ヒカリちゃん、いつもお疲れさま。がんばっているから、これからはバイトでなく、社員として働いてね」

「私が……社員で、いいんですか?」

「もちろん！　ヒカリちゃんは、うちの会社に必要な存在よ。これからも頼むわね」

「はい!!　がんばります」

ヒカリは、ありのままの自分で前に進んでいた。それが周りにも少しずつ、評価されているのだった。

〝こんな不器用な少女を世に送り出していいのだろうか？　不安でいっぱいだったけれど、生きづらさを抱え、誰もが歩むいばら。ともに支え合って助け合うところに、奇跡が生まれるのではないかな。よくも悪くも、行動するのは常に、人と人なんだから〟

ヒカリはペンを置くと、そっと日記を閉じた。そしてこれからも、夜空の星に向かってささやこうと思っていた。

黒谷と出会ったことで訪れた奇跡を歌にして。

終わり

Ⅲ　エッセイ　ちょっとヤバい回想ワールド

ある二人組

私が歩いていると、向かいから二人組が歩いてきた。

「よお」

「お疲れさまです」

初対面なのに、なぜか意気投合したうちらはラーメン屋に入る。

サラリーマン風のお客達に向かい、

「おめえら、席詰めろ!!」

お客達は隅っこに座り、うちらは真ん中にドカドカと。

ラーメンを食べ終わった後、外へ出る。

「あれ？　車がナッシング!!」

警察署にあるとわかり、とりあえずタクシーで向かう。それから、地下の駐車場で
車を引き取り、夜のドライブへと繰り出した。

あっ！　二人の名前が出てこなかった……。

キャバクラの取り立て

歩いていて、キャバクラ従業員の男の子と知り合って一緒に遊びに行った。彼は給料が入ったら私に五万円くれると約束した。

と・こ・ろが……

お店に電話しても、店長あたふた。

「飛んだんですよ。ウチも困ってるところでして……」

とりあえず、キャバクラに向かう。

店長、私に土下座。

「本当に申し訳ありません。店のほうで五万円払いますので」

そう言って店長が私に五万円くれた。

どうしてそんなことになったのかというと、たまたまその店に、あまり他人に言えないような友人が来ていて、交渉してくれたのだった。

初日からＶＩＰ

私が博多に住んでいた時のエピソード。
たまたま行った美容室にて、トリートメントの施術。
しかしシャンプー後、髪が絡まること一時間……
（まったくムリ～～～）
近所の美容室を紹介してもらい、そのまま向かう。
なんとそこは‼
ホストクラブみたいなきれいな店の造りで、イケメン揃い‼
そこでエクステ外して、また付け直してもらった。全部無料で。

そこの担当者と意気投合し、初日からＶＩＰ扱いに。

で、住居から徒歩三分ということもあり、毎日のように通う。

友人を連れていって、閉店後に話したりもした。セットの回数券も買って、セットしてもらったりもした。懐かしい思い出。

そんな担当者も三年くらい前に独立。自分の店をオープンしたので、開店祝いにも行ったっけ。

お兄ちゃん

歩いていると、声をかけてきた男性がいた。

なかなかの男前。一緒にお茶。

その人、面倒見もよくって、それから私のお兄ちゃんみたいな存在に。

お兄ちゃんは、私が病んでいる時も駆けつけてくれた。

すっごく病んでいる時、なぜかパトカーで連行されて、取り調べられたことがあった。その時も、お兄ちゃんから電話が来た。

しかしお兄ちゃんは、警察からしたら〝天敵〟みたいな存在だったらしく……それが原因で自営の店を閉めてしまったらしい。

いろいろと納得が行かなくてむしゃくしゃしていた私を、お兄ちゃんは励ましてくれたり、食事に誘ってくれたりしていた。

そんなお兄ちゃんは、ある時忽然と姿を消してしまった……。

東京──大阪──博多

早朝にバッチリ髪をセットして、大阪に向かった。経営者交流会があったからだ。

私は特に経営者ってわけでもないけど、主催者と知り合いだった関係で参加。

夜は博多に向かう。

一日のうちにいろいろな地域を移動したことは印象的だった！

サファイアの友情

歩いていると、声をかけてきた男の子がいた。キャバクラの従業員だったが、友達になった。

後日、違う店にいた時、携帯の充電が切れてしまった。

（ヤバイ、どうしよ……）

そんな時、たまたまその友人のキャバクラの前を通った。

「店に遊びに来てくれたら、充電させてあげるよ」

これが交換条件だった。

「わかった！　じゃあ私に電話が来たら、必ず教えてよ」

そう約束した。

しかーし……

電話が何度鳴っても教えてくれなかった。

「てめぇ、話違うじゃないか‼　飲み代は払わないから」

私が未払いのまま店を出ようとすると、

「ちょっと待てよ！　金払えよ」

そのままケンカが始まってしまった。そして、結局飲み代を支払うはめに。

さらに困ったことに、このケンカが噂になって「ああ！　何てこと！」それが原因で、私は仕事もクビになってしまった。

で、しばらくいろいろあって……

一年後。

「オレ、主任になったんだよ」

そう彼から連絡が来たのだ。

そして私が払った飲み代をやっと払ってくれ、仲直りの乾杯をしたのだった。

そしてサファイア好きな私に、オーダーメイドでネックレスを作ってくれた。

やがて、彼は社長になったらしい。

愛　人

とあるきっかけで、出会った男性。二十代半ばくらいだったと思う。演歌歌手的風貌の男前。物腰柔らかで、落ち着いた人だった。

「叶美香さんに似てますね」

その人は、私を見てそう言った。どうやら私を気に入ったらしい……。

「最近出所してきたばかりなんだよ。○○組の……　出所金が○○○○円でさ」

なんとその人、極道の幹部だったのだ。しかもよく聞けば、元彼の先輩のようだった。

その時の私には、極道の愛人をしている友達が何人かいた。そして彼女達の抱えている状況をいろいろと聞いていた。深刻だった。

彼とはその後も何回か会ったが、私はそこまで深入りはしなかった。

刑務所行けば？

私の親戚のおじさんはカタギではあるのだが、おじさんの家には、極道の知り合いが出入りしていた。そのうち若かった私は、その中のある男性に気に入られた。

ある日、そんな彼に「このサプリは合法で美容にもいい」と言われ、信用して飲んだら、頭がマヒしてきて……それはもう、大変なことになってしまった。

その後、彼は周囲から下手うち扱いされたり、兄弟分とケンカをしたりといろいろあって、また刑務所に帰っていきましたとさ。

実害を被った中の一人である私も、完全に彼をシカトするようになった。

男と男の友情

ある時、一週間で二百五十万円が必要になったことがある。百万円まではなんとかなったけれど、残りの百五十万円がどうにもならない。そんな時、ふとしたきっかけで出会ったKくんがこんな言葉を。

「お前、ホンマに貸してほしいんか。なら、ちゃんと会って話そうや」

彼は私と同年代の男の子だった。一見普通そうに見えるけれど、話すと気合いが入っていた。

「お前の考えは伝わった。それだけ考えがしっかりしてるなら、百五十万貸すわ。俺はお前を男と思ってる。これは俺達の友情や」

それで間に後見人が入ってくれ、交渉成立。彼とは、大阪で夢を語ったこともあった。

「お前はいくら稼ぎたいんや？　俺は月収一千万は欲しいわな」

「私は、月収三百万かな。それぐらいないと、結婚とか不安になるよ」

彼は、本当に同性の親友のような感じがした。

ところがある時、私が信用して預けていた六十万円を使い込んでいたことが発覚。信頼していただけに裏切られた怒りも大きく、追い込みをかけてひと晩で五十万円を集めさせ、翌朝振り込ませた。

そんな彼ともしばらく会っていなかったけれど、一昨年に銀座で再会を果たした。

「男と男の友情」の件では助けられたし、もう少し気持ちが落ち着いたらまた会ってもいいかなと思っている。

博多に消えた過去

「あのぅ～、かっこいいんですけど」

職場の同僚に、そう話しかけた私。

「ご出身は？」

「福岡の博多だよ」

「へぇ～、じゃあ〝夜桜銀次〟ですね！　チャカが似合いそう」

その男の子も天然系な性格だったのと、お互い世間の輪に入ることが苦手という共通点もあり、あっという間に仲良しになった。でも、実はその職場では男女が話すことさえ禁じられていたため、ナイショで連絡先を交換。

当時仕事にやる気がなくなり、辞めようとしていた私。そんな私を、彼はひたすら励ましてくれた。

そして、事件が起きた。

ネットの掲示板に、彼の悪口が書かれたのだ。それも、ストーカー的に。疑われて犯人扱いされたけれど、もちろん私はそんなことはしない。

結局、いろいろあってなんとか誤解も解けて、店長も謝ってくれた。私達もお互いに、これからは硬派に頑張ることを固く決意したのだった。

その後、家に励ましに来てくれたこともあったけれど、あくまで親友としての対応で留めた。実は、用もないのに彼の出身大学に行ってみたようなこともあったのだけれど……。

うちらは、今でも、永遠に心だけの友情を護っている。

敵なの？　味方なの？


私が博多に住んでいた時、出会った男の子。

「俺は彫り師やってるんだよ。でもまだ自分には入れないって決めてる」

「名前は？」

「のぞみだよ」

「じゃあ、のんちゃんって呼ぶわ」

彼は私と同い年で、初対面から意気投合した。お互いに人間として仲よくしたいと感じられる存在だった。

「その本、知っとるよ。刑務所で話題になったんよ。右翼のリーダーみたいな人やろ?」

彼は本のことに詳しいようだった。それに、揉めごとがあると間に入ってくれたり、なにかと頼れる存在だった。

「俺は十五歳の時、妻子をヤクザに殺されてな。それ以来、ヤクザ以上に任侠極めることを決心したんよ。歌舞伎町は永久追放されたよ」

彼は、私に心を開いているようだった。

私はそのころ、博多でいろいろな事件に巻き込まれてしまっていた。警察署にも何度か足を運ばねばならないような状態だった。

「必ず助けるからな」

そんな時、彼は私の弁護人になってくれ、少額訴訟を片づけてくれた。示談も成立した。

また、彼は病院の医者に対しても裁判の申し立ての手順を教えてくれたりした。

でも実は彼、本当のところ、彫り師でも、弁護士でもなかった。組から毛嫌いされている、携帯代すら払えない下っ端のヤクザだった。しかも、地元では有名な詐欺師だということだった。

そのことがわかってから……

何度きちんと話がしたいと言っても、二度と姿を現すことはなかった。

義理は守りましょう

とある場所で、人とアポをとっていた。しかし約束の時間になっても、現れない。ルーズな人なのかな⁉　と電話をかけてみても、「待ってください」の一点張り。そのうち、別の人を紹介されてその人と一緒に待ってほしいとのこと。その人の名前すら忘れてしまったが。

しかたなく私は、その人と飲み屋に入った。

「俺は普段は準構成員として当番に入ってるんだ。お袋が入院してて稼ぎたいんだよ……なんか初めて会ったのに、話しやすいな。女の人と義理人情の話をしたのは初めてだよ」

彼は私のことを、そんな風に評してくれた。そのまま穏やかな会話をして待っていたのだが、約束していた本人はとうとう来なかった。けれど、代わりに来た男が信用できそうだったこともあり、私はある貴重品を預けた。

「じゃあ、また後日ということで」

こうして、当初の約束は延期になった。

しかし、後で約束していた本人に電話をしたら、すっかり話がすり替えられていた。

「てめぇ、話違うじゃないか！　あの時の話はなんだったんだよ！　もういい。お前とは縁を切る。貴重品だってくれてやる」

私は二人とも着信拒否にした。

そのほかにもその場所ではいろいろとあって、ある時期からは近づいてもいない。

セクシーすぎる上司

私が人生最大の貧乏に陥り、携帯も止まり、家賃も払えなかった時。後見人が交渉してくれて、新しい職場に就職することができた。

「仕事、がんばるか？」

「はいっ、がんばります‼」

こうして社長から担当を紹介された。彼は色が白くて、美しい青年だった。及川ミッチーに似ていたが、悪徳弁護士のような風貌でもあったので、正直ちょっぴり緊張していた。

でもすぐに打ち解け、なんでも話せる仲になった。そんな彼はずば抜けて仕事ができる人間だった。グループ店の誰よりも、群を抜いて優秀だった。

その才覚に、社長からは気に入られるものの、店員達には疎まれ続けていた。仕事ができる上、美貌の持ち主というところが鼻についたのだろう。

そんな彼は〝S〟で、毒舌だった。店員が少しでも仕事に手を抜いていようものなら、殴る蹴るの上に罵声を浴びせていた。

いつしか、私はそんな彼に惚れてしまっていた。彼は私のいろいろな悩みを聞いてくれて、解決してくれた。友人の付き合いで知り合ったヤミ金に対して、逆に追い込みをかける方法すら教えてもらい、成功するほどに。

ある時、「今日はもう帰れ」と言われたことがあった。私の体調が悪いように見えたらしいのだ。本気で彼のことが好きで、同じくらい大嫌いでもあった私は、彼の頬を殴っていた。

「あんたになにがわかるんだよ！」

とたんに殴り返された。

「俺は、お前のことを真剣に考えてるんだよ」

そうこうしているうちに、理由までは明かせないが、ある事情で彼は夜逃げをしてしまった。

それ以来、また私の人生の歯車が狂ってしまったのは言うまでもない。

『雪の華』


当時、私はある駅の西口で働いていた。たまに雑誌やネットに載ったりもしていた。そんな私だったが、いつも北口を通る時に、気になる男の人がいた。顔がもう、私好みの。

そんな時、私は西口の店が嫌になり、北口に移った。そこは直営店だった。私は北口ではさらに有名になっていた。

そんな私の気になる彼の職業は、キャバクラの従業員だった。ある日、彼の同僚に話しかけられたので、私はこれ幸いとばかりに彼に気があることを伝えた。すると、とうとう彼から私に声をかけてきた。

「仕事、終わったら会おうよ」

私の返事は早かった。そして朝の六時半くらいに会うことになった。

「ねえねえ、ホテル行こうよ～」

ヤクザな顔立ちとは裏腹に、彼はとんでもなく軟派な性格だった。当然私は断り、カラオケに行った。

それにしても、美しい顔立ちだった。芸能人なんか、比べものにならないくらい!! どんぴしゃ、好みの顔だったのだ。速攻、彼と付き合うことにした。

しかし、外見はいいものの、性格が最悪に合わなかった……そして大げんかをして、キャバクラを恐喝までしたりして、私は彼と縁を切ろうとした。

しかし、それからいろいろなことが起こり、私は精神が極限まで不安定になってしまった。半年ぐらい、ブランクができた。それでもやっぱり、彼のことはものすごく好きだった。

間を取り持つ先輩がいてくれたり、水商売の人々が私に頭を下げに来たりして、彼らとも仲よくなった私。

再会の時。私は中島美嘉の『雪の華』を歌った。あの歌は、奇跡の再会を果たした思い出深い曲で、もうカラオケなどで五百回は歌っていると思う。

でも、彼はとにかくお金がかかる人だった。性格が派手だったのだろうか。彼と結婚するなら、月収三百万はないと無理だという勢いだった。

それから私はいろいろなトラブルに巻き込まれすぎて、薬を服用したり、仕事も休んだりして。彼と会うのが億劫になり、とうとう出張ホストにお金をばらまくようになってしまった。

それ以来、本気で恋愛ができなくなったのだ。恋愛もビジネスも、お金がないといけないし、いい循環がないとダメで。一度歯車が狂ってからは、彼とはもう修復はできないだろうと思った。

それでもまだ、もう一度会ったら好きだという気持ちを捨てられなくなってしまいかねないと感じていた。だから、完全に着信拒否した。

『雪の華』はそんな思い出を込めて、これからも歌い続けるだろう……。

Ⅳ　トピックス　決して学校で教えてくれない人生の勉強

汚く稼いで、キレイに使え

妊娠中、ある人と出会いました。

彼は骨董や肖像画を扱ってるようだったし、飲食店も経営していました。とにかく、商売人でした。

二回しか会ったことはなかったけれど、私は「おもしろいヤツだ」と気に入られ、経営トークで盛り上がりました。スナックに連れていってくれたりもしました。

「どんな稼ぎ方をしても、銭には変わりはない。要は、どれだけキレイに、有効に使えるかが大事なんだよ」

なんか、自分的に「名言！　やるじゃん!!」と思いました。

帰りのタクシー代一万円をもらって別れましたが、代々商売人の家柄らしいです。

妊娠中は、いろんな人が連絡をくれ、気遣ってくれたりもてなしてくれたりしました。後から振り返れば〝一期一会〟が多くて、寂しくも思えました。

日常生活って、やはり身近に思えるなにげないことが大切だったりしますよね……なんて、しみじみ感じられます。

数学的な人生

大人になると特に、「なぜ?」って思うこと、多々あります。子どもの時も同じことがあったに違いなくても、初めてのことだったりすると、違和感なく過ごせたりするのかもしれません。

大人になると、社会的な差別が出てきたり、お金のために心身を犠牲にしなきゃならなかったり。そのうち時間とともに、思うように生活ができなくなったり、なにごとも早く流れすぎたり。

それって、精神年齢に比例するのかもしれませんね。

「人づきあいは脳でやれ」という言葉があります。それがいちばんいいかも、ですね。

子どもの時はそんなに差を感じないのに、大人になると競争みたいでいやですね。「進んで結果を出せた分、年齢に加算されたらおもしろいのに。いらんことで傷ついて生きるのって、意味あるのかな？　数学みたいに、数ですべてを置き換えられればわかりやすいのに」

そんなことを考えたりします。

今の私には、矛盾やループ化っていうのがわかりません。きっと見えない哲学の世界が、誰しも身近にあるんでしょうね。

最近、心を悪いほうに使う人が増えたなぁと感じます。とにかくいやなことが増えたように感じられます。

「人身事故もいやだし、家族とのいがみ合いや嫉妬から来るいじめもいや。ああ、疲れる世界」

冷めてる自分でそんなことを考えているうちにふと気付きました。

「みんなが数に支配されたら、そんなの不純物として片づけられるだろうに」って。

そんなことは不可能だけど。

お客と経営者は紙一重

「お客と経営者は紙一重」

ある経営学の本にも書かれてありましたが、この言葉、私もそう思います。お客さんあっての経営だから、経営者はお客さんが望むものを察知しなければならない。そのためには、お客さん目線にならないといけないのです。お客さん目線になれる経営者は、商売もうまく循環すると思います。

また、経営者と技術者は、できれば分けたほうがいいでしょう。技術者は、現場のリーダー。従業員が慕うのは、お客でも社長でもなく、リーダー。

社長が慕うのは、お客さん。そして、社長自らお客としていろいろな店に行き、斬新な感性を磨いたり、お店に意見したり、切磋琢磨していくのがいいと思います。

基本、経営者は技術者じゃなく、苦情処理係だと思うのです。後は、企画、投資、人づきあい……。

そんなことを、何年も前から考えている私です。

ずっと前に、出張ホストの代表に、「あなたは投資家に向いているのでは？」と言われたことがありました。

確かに、投資って楽しいです。ある意味、個人社長みたいな気分にもなれるし。

そう考えると、大人社会もクールでスマートで楽しいかもです。

理想の母親

私には、「父親」という存在が思い浮かべられません。その代わり、母の愛人の男性は何人か顔が浮かびます。

私の母は、叶美香さんのようにセレブでゴージャスで優しく、銀座のクラブのママをやっている感じの人。で、実際は、金持ちの社長です。

そんな母の影響もあってか、私の理想の女性像とも関係するのか、私は男に媚びるのが大嫌いなのです。媚びる女で、いいと思った人は誰もいません。私の理想の母親像は美人でゴージャスな女社長といったところでしょうか。基本的には男性に頼らない自立した大人の女性ですね。

もともと家族と真逆の生き方が好きなのかなぁと思ったり。ちなみに「極道やヤクザが好きな女性は、思春期に父親から愛情を受けなかった人が多い」なんてことをどこかの心理学者が言っていたけど、本当かどうかはわかりません。

「父親って、なんかイメージできない」

それが私流。

また、女性の見た目も二十代から先、その人がどうなるのか想像するのもいやだということも。

兄貴

兄貴は、見た目は極道の親分よりさらに怖いです。でも私は、そんな怖い兄貴に向かって、「うっせえんだよ」と言ったりしていました。実は兄貴、案外繊細。

十代の時は、暴走族でした。なぜかシャブの売人をやってたらしいけれど、親友の競輪選手を亡くして足を洗い、キャバレーの店長に。

その後、極道になったらしいですが、いろいろあって関東に逃亡。で、知り合いと株式会社を設立。そこで私と出会います。いろいろと面倒を見てもらいました。さらに、私と出会った後、脳梗塞で二度倒れています。この前会ったけれど、最近は連絡がつきにくいような状態です……。

経歴が結構謎な人ですが、これまででいちばん打ち解けて話せた人だった気がします。

私流　接客語録

お客様が見ているのは、あなたの第一印象です。第一印象が、ほぼすべてです。あなたの内面なんて、知りもしなければ興味もありません。

ですから、見た目の身だしなみには気を遣いましょう。特に、髪形と服装は大切です。

必ずメイクしなさい。すっぴんがどうとかいう低次元の話ではなく、メイクすることによって「さらに向上しよう」という気持ちが、お客様に伝わるからです。内面は伝わらなくとも、こういった細かい部分の気配りは伝わるものです。

お客様の前では、笑顔でいること。お客様が最終的に求めるのは、技術じゃなく、癒し。

現在対応中のお客様からクレームが来たからといって、次のお客様も同じように考えてはいけません。今のお客様と次のお客様はまったく関係ないし、同じに考えるのは失礼にあたります。

どんなに具合が悪くても、見せないことがプロ意識。あなたのプライベートやモチベーションは、お客様には一切関係ありません。

いい意味で、お客様をお金だと思うこと。そう思うことで、失礼のないようにしっかりと接客できるはずです。

……などなど、私の辞書、最近少しずつ公開中であります。

成功を信じる

人間に必要なのは、適度な栄養補給と甘さ（癒し）だと思います。

思うに、仕事で成功している人は、独立しようと人に頼るよりも、自分で勉強したり率先してなにかをやったりするタイプだと思います。それは裏返せば、社会の冷酷さ、社会の厳しさだとも思うのです。

誰しも昔は小中学生だったわけで、その時は仕事のノウハウやお金の稼ぎ方なんて教わらないですよね？　大人は、ただ協調性を身につけさせようとばかりします。人と同じ、もしくは平均的なら、いじめにも遭わず、劣等感も抱かない、と。

しかし社会に出て、それはどれだけ役立つでしょうか？　レベルの低い会社に入って、みんながなれ合ってナーナーになる会社になんて、明日はないような気がしてしまいます。

人と違う個性を持ちつつ、互いに尊重し合って切磋琢磨し、利益を出す。それが理想です。

会社や上司の悪口を言うくらいなら、独立して自分のスタイルでやるのが一番イイと思います。誰からも邪魔されませんしね。

仕事なんて結局は、みんな自営業みたいなものです。たとえば、私がいつも店長を指名していると、ほかの人もみんな店長みたいなカラーを出そうと真似したりしますが、あまり意味がないような気がします。みんな店長を真似て同じになってしまったら、結局はリーダーである店長が勝つにきまっているのですから。だから、みんな一人ひとりがそれぞれ自分のカラーを持ったリーダーにならないと意味がない気がします。これ、きっとどこの企業も一緒ではないでしょうか。

世の中が不景気だからこそ、厳しい基準を持って仕事の利益を打ち出してほしいものです。

「今どきの若い子は、辛いとすぐ辞める」

そういう言葉を方々で聞きます。社会が少しでも、いい循環になるといいなと思います。

私も今までいろいろあったけど、一度も疑ったことはありません。何をって？

いつでも〝成功を信じる〟ってことです。

オリジナリティー

仕事でお金を稼ぎたかったら、「オリジナリティー」を持つことだと思います。

「あの人、浮いてるよね」

「でもなんか気になる」

この入口さえ持たせれば、後はしめたもの。

「あの人、なんなの⁉」

「ムカつくけど、もっと知りたい」

「私、意外と共感するけどな」

「わりと普通なんだ」

……と、このように「意外と」って思ってもらえたら、その人はあなたの世界に惹きつけられてくれたのだと思います。

マニュアル通りの人生なんかありませんよね。人を扱う仕事ならば、なおさらです。人を知るには、人を見ないとなりません。そうしないと学べません。

そういった意味では、ブログが便利です。いろいろなタイプの人を幅広く知るには便利なツールだと思います。私のブログも、その一つかなと思っています。

私の生活で心掛けていること。それは〝個性〟です。でもまずは順序として、その前の最低限の礼儀や挨拶、協調性がとても大切になります。そこをしっかりとクリアした後に、相手が心を開いてくれたら個性を出す……って感じです。

だから、個性を潰す仕事は大嫌い。

「自由に泳がせてこそ、魚は美しい」

「自由奔放、好奇心旺盛」

射手座の説明によくこう書かれていますが、私もこの二つの言葉は自分を象徴している気がして、しっくりきます。

よく「稼げる方法教えます」っていうのがあるけれど、同じことをやっても、やる人が違うだけで成果も違うのでは？　と思ってしまいます。だから私、そういう類の話には耳を傾けない派なんですよね。

オリジナリティー。
私は大好きです!!!

自営業というのは、自分の生き方

「自営業」と「社長」というのは、微妙に違う気がします。「社長」というのはあくまで役職名で、部下もいたりする人。「暴力団」と「ヤクザ」の違いみたいに、実際の〝組織〟と〝生き方〟は違いますよね。「自営業」とは、自分で営むことを生業とすること。私は社長ではないけれど、「自営業者」だと思います。

社長が書いた本を薦められて、過去に何冊か読んだことがあります。共通して言えるのは、みなさん自分の生き方を確立しているということ。そして、人による価値観の違いを尊重していることです。

それに加え、ビジョンを明確にしていることも共通でした。

仕事って、足し算や掛け算みたいで楽しいです。引き算や割り算にはならないような。やったらやっただけ、報酬に跳ね返るし。

仕事や自営業の価値観といったことは、また別の機会に書いてみようかと思います。

V 雑想

つるのおんがえし

子どもの頃、母に絵本『つるのおんがえし』を読んでもらった記憶がある。読んでもらいながら、私は泣いていた。鶴が飛び立ってしまうのを、とても寂しく悲しく思ったのだ。

絵本ではないけど『ママ、ごめんね』にも泣いた。娘が白血病にかかり、結局お母さんより早く亡くなる実話なのだけれど、「ママ、ごめんね」と謝る娘の言葉が泣けるのだ。

他人からの評価

容姿編

顔とスタイルがセクシー
服のセンスがよい
目がエロい
小悪魔
猫っぽい

性格編

サバサバしている
気が強い

優しい
理論的
謎

☆長所的な評価☆

歌がうまい
人生相談に乗れる
整体のマッサージが得意
心を癒すことが得意
文才がある
口がうまい
人を動かすのが得意
交渉事や、苦情処理に強い

エピローグ

今回の作品は、星をテーマにして書きました。

私は基本的に一対一の関わりを大切にする人間ですが、この本においては自分を星に、取り巻く環境を闇にたとえて表現しました。つまり、この本における「闇」という言葉には一般的なマイナスイメージだけではない場合があるということです。そして闇が強いほど光り輝ける存在＝星を象徴し、周囲の存在意義を追求した作品です。


思えば中学時代、ピアノはソナタやショパンなどを弾き、勉強の成績は運動系を抜かしてほぼオール5といった、周囲からしたら優等生の扱いを受けていました。

そんな自身に違和感を覚え、また、学校に居場所を見出せなかった私は、高校には行かずに働こうと思いました。

作品内にも書きましたが、十九歳のとき自分の居場所へと導いてくれる人と出会いました。

その人は、当時本を出版するところでした。タイトルまでは明かせませんが、かなりヒットしたことを覚えています。すでに文章を書くようになっていた私は、その人に共通性を感じました。

その人も私と同じように深い闇を感じていたように思えましたが、その人の出版に影響を受けて、いつか私も自分の書いた本を世に出したいとも思っておりました。

居場所を見出せなかった当時の私の周りには、同じく闇を抱えた人々が集まりました。私は人間を職業や境遇では決して差別しませんでしたので、それが仲間が集まってきた理由だったように思います。そんなところから、打ち解けられる仲間がより集まって、一つの家族のように居心地よく過ごすことができました。それが自然と私の居場所になりました。

そのため、一般的には嫌われてしまう反社会的勢力の方々や、差別を受けてしまいがちな職業の方々、さまざまな痛みを抱えた方々も、私にとっては心の傷を癒し合い、支え合える大切な仲間たちでありました。

しかしその生活は長く続きませんでした。時とともに別れが来ました。年を追うごとに社会情勢は、そういった方々に対して一層厳しさを増し、ついには暴力団排除条例なども施行されてしまいました。

それでも、過去を振り返ってばかりもいられません。そのため、居場所を必死に探して現在に至るまでの体験や考えを詩やエッセイなどで等身大に書きました。

「心に闇を抱えていても、今のままで進んで行けば、道は必ず開けてくる」

そんな思いを込めて。

そして、前作のフォトエッセイ『まーちゃんが行く！』とあわせてごらんいただけたら幸いです。

最後になりましたが、こんな私の本を手にとって、ここまで読んでくださり本当にありがとうございました。読者の皆さんに、少しでも希望を与えられることを、心から願っています。

溝口いくえ

平成二十五年夏

著者プロフィール

溝口 いくえ（みぞぐち いくえ）
1981年、東京都に生まれる
自営業
2012年、『まーちゃんが行く！　～子どもとペットのフォトエッセイ～』（文芸社）を刊行
ブログ「まーちゃんが行く！」毎日更新中
http://ameblo.jp/mizoguchimasato/

星の意味

2013年10月15日　初版第１刷発行

著　者　溝口 いくえ
発行者　瓜谷 綱延
発行所　株式会社文芸社
〒160-0022　東京都新宿区新宿1－10－1
電話　03-5369-3060（編集）
03-5369-2299（販売）

印刷所　広研印刷株式会社

ISBN978-4-286-14101-5